失乐园
Paradise Lost

寂寞上场了

幾米

现代出版社

目录

眼镜小乖和粉红小象

她摸出了苹果的颜色像彩虹一般

眼镜小乖和粉红小象喜欢站在窗边，
等待艳红太阳从山的那一头缓缓升起。
她们也喜欢坐在海边的大石头上，
眺望海平线上蹦出一颗鲜黄月亮。
她们更喜欢躺在学校大操场上，
等待天上的星星一颗颗渐渐亮起来……

眼镜小乖有一副漂亮的彩虹眼镜，
可惜她看不见。
粉红小象也有一副漂亮的彩虹眼镜，
可惜她也看不见。
她们都看不见对方漂亮的彩虹眼镜，
却知道彼此的心都像彩虹一样美丽。

眼镜小乖和粉红小象
早就决定放弃用眼睛去了解这个世界。
她们怯怯地伸出纤细的小手和精致的象鼻，
摸了摸这个神奇的世界，得到一个小结论：
世界和我们想像的不一样。

眼镜小乖虽然看不见，但她可是摸象高手，
并不像人们说的"瞎子摸象"。
当她摸到象鼻，她会说这是象鼻，
才不会以为那是一根大水管。
当她摸到象腿，她会说这是象腿，
才不会觉得那是一棵老橡树。

眼镜小乖一碰到树上的苹果就兴奋地大叫，
她非常确定地告诉小象：
"苹果的颜色就像彩虹一样！"

粉红小象一碰到树上的柠檬就兴奋地大叫，
她骄傲地告诉眼镜小乖：
"柠檬的颜色很酸哦。"

粉红小象向左走，眼镜小乖向右走，
不管向左或向右，她们最后都会走到路的尽头。
她们虽然什么都看不见，
却可以感受到花朵的颜色、阳光的笑容与风的心情，
领略到一路上的美丽风光。

粉红小象看不见，眼镜小乖也看不见，
她们最喜欢在悬崖边玩荡秋千的游戏。
她们看不见白云也看不见乌云，
看不见天空也看不见深渊，
危险的悬崖在她们想像中是欢乐的天堂。

每天下午，
眼镜小乖都要用双脚顶住粉红小象的前腿，
上上下下地举起三十五次，
心情好时可以举八十七次，
最高纪录是九十九次。
她们永远不知道在别人眼中，
这是一幅多么惊险刺激的精彩画面！

粉红小象看不见，眼镜小乖也看不见，
但春花开了她们知道，秋叶红了她们知道，
她们用全身的每一个细胞
去感受天地间的微妙变化。
她们无所惧怕地去体验人生的新鲜事。

眼镜小乖喜欢蹲在粉红小象肚子下，
觉得自己就像是一只窝在屋里的小狗。
粉红小象也喜欢眼镜小乖蹲在她的肚子下，
假装自己生了一个小baby。
这是她们最爱玩的扮家家游戏。

粉红小象和眼镜小乖都很喜欢画画,
她们乱画、乱涂,弄得全身脏兮兮。
她们大叫这就是我们的美丽世界,
你们看到了吗?
你们有意见吗?

眼镜小乖和粉红小象
可以看见她们弹出的音符
像小气泡般满飞舞,
所以她们总是叮叮咚咚地弹个没完。

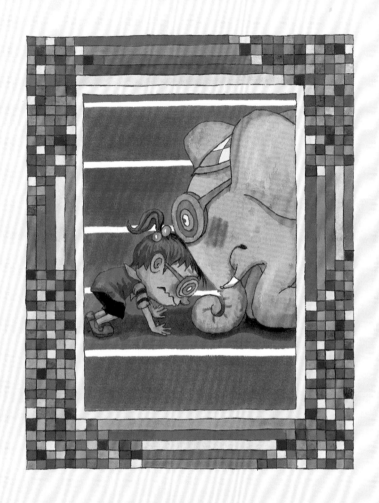

粉红小象和眼镜小乖
靠着神奇的方法了解对方的内心世界。
小象顶着小乖，小乖顶着小象，
她们将自己深藏的秘密与爱，
毫不保留地全都传给对方。

粉红小象看不见，眼镜小乖也看不见，
可是她们为什么需要戴眼镜呢？
画图的人很笨哟，难道他也看不见吗？
（编辑为什么没有纠正他？）

如果你问粉红小象和眼镜小乖，
在她们的黑暗世界里，
到底是阳光灿烂的日子多呢，
还是阴雨绵绵的日子多？
她们会回答你，
如果你爱我，我就可以在暴雨里看见阳光，
如果你不爱我，你就永远得不到答案。

眼镜小乖看不见，但她不是一个盲小孩，
粉红小象也看不见，但她也不是一只盲小象。
她们只是看不见残酷与丑陋，
美丽的世界却尽收眼底。

包子头

每个人在他面前都是天才

包子头的爸爸是科学博士，

包子头的妈妈是大学教授，

包子头却是个学习困难的孩子……

包子头长得就像个包子，

脑袋里有一点馅，但总是不够用。

他经常忘记自己是谁，

不知道自己在哪里？要做什么？

偏偏他又热爱沉思。

如果你看见包子头站在马路正中央，请你帮帮他，

他一定又忘了该往哪个方向走。

包子头走着走着就忘了自己要去哪里，
回过头去又忘了从哪里来。
他常常呆站在街上思索人生的方向，
但他的脑袋一片空白，
就像他的外表一样。

包子头常常感到烦恼，
为什么他的头长得像包子，
又为什么他的脑袋不够用。

幸好他脑袋不够用，
一下子就忘了他包子头的烦恼。

包子头长得就像个包子，
脑袋里有一点馅，但总是不够用。
他不懂秋天的叶子为什么会渐渐转红，
然后一片片掉落。
难道只是为了配合感伤的诗人们
对生命消逝的喟叹吗？

为什么大人每天都要工作，
小孩每天都要上学？
为什么大人每天都说忙忙忙，
小孩每天都说累累累？
小鱼儿，你懂吗？
包子头将头慢慢地沉入水中，
将自己无聊的疑惑渐渐淹没。

青蛙跳过窗前呱呱呱，
包子头想起关于青蛙王子的故事。
但是他始终不了解，
为什么公主的那一吻会让青蛙变成王子，
而不是公主变成了青蛙……

包子头每回走进森林里，
都会想大声歌唱，都会想写写诗，
都会想起许久不曾问候的朋友，
都会感到快乐与幸福……

包子头当然喜欢坐在苹果树下沉思，
他当然是为了等待苹果从树上掉落，
刚刚好打在他的包子头上。
他当然是为了要跟别人说，
打在牛顿头上的苹果，
也刚好打在他的头上。

为什么城市里到处都是马路?

马路上为什么有那么多车子?

车子里为什么挤满了人?

人为什么要坐在滚动的车子上四处奔波?

包子头通通都不懂,

他只喜欢用他的双脚一步步走路……

包子头的脑袋常常被一些简单的问题弄得非常复杂。
很多问题他不懂也不好意思去问别人，
很多问题他问了别人，
别人的答案让他更困惑。
他常常把自己的头弄得很痛很痛……

包子头坐着吃饭时想，我为什么要坐着吃饭？
他躺着睡觉时想，我为什么要躺着睡觉？
他走在马路上时想，我为什么要走在马路上？
其实包子头不要真正的答案，
真正的答案他都听不懂。
而且他还会问你，为什么这是真正的答案……

包子头头脑简单，

他的脑袋里只有一点点馅，

只要一想到复杂的事，他的头就痛。

他不明白为什么卤蛋天天要许愿，

他害怕极了，如果世界上每个人的愿望都实现了，

那一定就是世界末日。

有一天包子头爬上阳台，

以为往下一跳，就可以像小鸟一样飞起来。

这时天上传来愤怒的声响："不可以！你找死啊！"

于是他听话地乖乖爬下来。

包子头命好好，他肯听别人的劝告，

他不够用的脑袋有时候刚刚好够用。

可是，如果人生只是要简单地过日子，
包子头的脑袋倒是恰到好处。
他喜欢坐在高处，望着城市，
阳光温柔地洒下，
风轻轻地拂过他的包子脸。
世界如此地完美安详……

在包子头爸爸妈妈眼中，

他是个天才，

他们相信有一天

他一定会变成一个超级博士。

包子头头歪歪地问：

"什么是有一天？"

"什么是会变成？"

"什么是天才？"

"什么是博士？"

"什么是超级博士？"

"变成超级博士要干吗？"

……

小樱子

天上一朵朵的白云到底在说些什么

小樱子有一双神奇的耳朵，
她可以听见花在歌唱，小松鼠在交谈，
她可以听懂鲸鱼的话语，大自然的声响，
却听不到你我在说些什么……

星期一早上，
小樱子抱着小猫咪走到哑巴王子水族馆，
听到一群小鱼们七嘴八舌地争辩，
有鱼尾巴的小美人鱼
和长了双脚的小美人鱼，
到底哪一个比较棒比较漂亮……

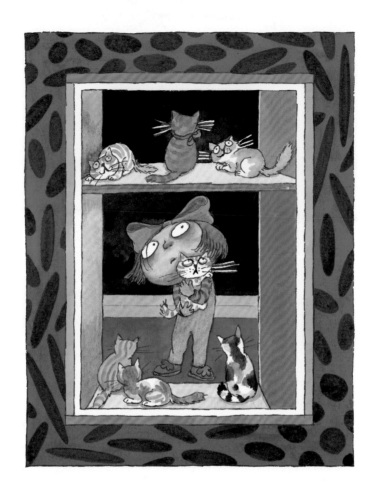

星期二早上，
小樱子抱着小猫咪逛到大嘴猫咪宠物店，
听到小猫咪们不高兴地抱怨，
我们明明比较可爱，
为什么大家偏偏要迷上一只没嘴巴的白痴凯蒂猫……

星期三早上，
小樱子抱着小猫咪经过红心宝石鸟店前，
听见小鸟自言自语地说，
它才不会为了帮助快乐王子而
白白牺牲自己快乐的假期……

星期四早上，
小樱子和小猫咪踏入马伯伯的小花园，
听见两只蝴蝶浓情蜜意地在唱黄梅调，
还自称是梁山伯与祝英台。

星期五早上，
小樱子抱着小猫咪站在罗琳巫婆的山洞前，
听见蝙蝠在回味
昨夜吸血鬼招待它们喝的
A+B+O+AB各种血型调成的美味鸡尾酒。

星期六早上，
小樱子抱着小猫咪坐在白云上，
听见白云在叹气，
云上长了那么多黑斑，
到底要下几场雨才能完全清除？

星期天早上，
小樱子抱着小猫咪准备出门，
她的猫咪终于翻脸了，
它说："我今天要窝在家里睡懒觉，
外面的世界吵死了。"

小樱子听不见我们听见的，
却听见我们听不见的……

帅哥彼得

帅哥的寂寞比一般人的寂寞更寂寞

不知道为什么，
有帅哥的地方就有灾难……

帅哥彼得谈恋爱了，
他一口气爱上美丽的凤凰村三姊妹：
丽春丽夏和丽秋。

从来没有人告诉他，
不可以同时爱上三个人，
也没有人可以解释清楚，
为什么不可以。

更没有人警告他，
同时爱上三姊妹会倒霉的。

同时爱上三个人，幸福不会有三倍，

同时爱上三个人，甜蜜不会有三倍，

同时爱上三个人，灾难却会有三倍……

帅哥彼得跟大姊丽春约会的那一天，
他家突然失火了！约会泡汤了。

帅哥彼得跟二姊丽夏约会的那一天,
突然发生大地震！约会泡汤了。

帅哥彼得跟小妹丽秋约会的那一天，
山洪突然爆发！约会泡汤了。

他连她们三人的小手都还没有牵到，
就被她们一起抛弃了。

他说同时被三个人抛弃，伤心痛苦会有三百倍。
但是却没有人能真正体会。

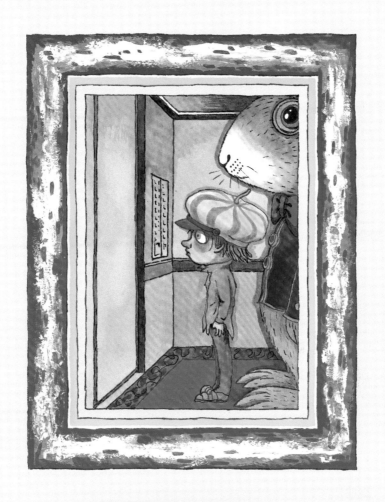

还好帅哥彼得恋爱的心愈挫愈勇，
他永远怀抱着希望，
深信每一次电梯门打开，
都是一次与爱情相逢的开始……

后来，
帅哥彼得又爱上了一个美丽的女孩，
那个女孩却同时拥有三个人的爱。
帅哥彼得的快乐甜蜜幸福只有三分之一一点点，
而他的愤恨嫉妒却有三百倍那么多……

帅哥彼得真倒霉！

驴头妹

明天让我变漂亮一点好吗

从前有一只驴子，
一生辛勤又做了很多善事，
她死了之后，
天神让她投胎到一个有钱又善良的人家，
做一个幸福快乐的小公主。
但是，迷糊的天神
竟然忘记把她的驴子头换掉……

驴头妹家里很有钱，爸爸很英俊，妈妈很美丽，
兄弟姊妹都长得体面大方，只有她长得很抱歉……

她常常抱怨上天不公平，
还好她心地善良，很快就原谅上帝，
却始终怪罪自己。

驴头妹总是习惯性地低着头走路，
她害怕被人看见她的丑陋。
她怨怪上天，
为什么她美丽纯洁如天使般的爱心，
无法让人一眼望穿……

驴头妹每天晚上睡觉前

总是望着月亮默默许下一个愿望：

"明天让我变漂亮一点好吗？只要一点点就好了。晚安。"

她的心太柔善了，怕给上帝添麻烦，

从来不敢多要一点……

驴头妹也曾快乐地欣赏白云飘飘，
与蝴蝶共舞，在花园嗅闻花香。
但是，云散了，人们怪她丑；
蝴蝶消失了，人们怪她丑；
花儿枯萎了，人们怪她丑。
世界明目张胆地残酷对待善良的人……

驴头妹想要不计代价地整形变成美女，
但每回只要看见医生微微皱起眉头，
驴头妹就会心软地说：
"如果真的很困难，那就算了。"
她善良的心不愿为难任何人。

驴头妹常常因为自己的外貌难过地流泪，
泪水滴进了草丛，立刻开出美丽的花朵。
但是她却哭得更伤心，她说：
"美丽的花儿该搭配美丽的人啊！"

驴头妹长得很抱歉，
她的爸爸觉得抱歉，她的妈妈也觉得抱歉，
她从小就生活在一个充满歉意的世界里。
但是抱歉有什么用呢？
她也只能对她抱歉的长相所造成的残酷人生
暗暗地说声："抱歉！"

驴头妹从来没有机会上台演公主，
只能像下女似地在后台帮忙打杂。
当前台掌声响起时，她常常委屈地掉下泪来。
剧院里的小老鼠跑过来安慰她：
"虚幻的掌声就像一只又笨又蠢的大象，
永远不能带回家贴心地陪伴你……"

驴头妹从小养尊处优，受尽呵护，
叉叉熊却从小就是个受虐儿，
但他们常常一样忧伤心碎。

还好有一望无际的大海，
看着大海，就会觉得自己渺小，
而他们破碎的心就更微不足道了。

黄秋秋忙着捕捉生命中转眼消逝的美丽，
根本没空理会驴头妹。
她不耐烦地说：
"世界上有这么多美丽的东西，
为什么你一直在意自己的丑陋呢？
更何况你有一颗世界上最美丽善良的心。"
驴头妹说："可是没人看得见我的心啊！"

球儿宝对驴头妹说：

"虽然你很丑，但至少你四肢健全，至少你父母健在又疼你，

至少你有很多关心你的朋友，至少你很聪明家里又有钱，

至少你还懂得嘲笑自己，至少你还能欣赏天边彩虹，

至少你能唱歌会画图，至少你心地善良……

至少你知道自己很丑……"

包子头笨，驴头妹丑。

还好包子头天真可爱，驴头妹善良又多金。

如果包子头又笨又丑又世故，

驴头妹又丑又坏又贫穷，

那世界就太对不起他们了。

可是这世界上确实有人又笨又丑又坏又穷又惹人讨厌，

不知道世界该如何对他们交代。

黑面娃娃告诉驴头妹，

他可以将她的悲伤装在气球里，随风飘走，

如果有人捡到那颗气球，

她的悲伤就会转换成别人的悲伤。

"可是我只要一想到有人倒霉地承受了我的悲伤，

我将会更加悲伤……"驴头妹说。

"我们来唱歌跳舞吧！像蝴蝶一样快乐地飞翔，
忘记所有的烦恼！"黑面娃娃说。
他们唱、他们跳、他们假装被快乐团团围绕！
而他们的忧伤也在唱也在跳、
也假装被快乐团团围绕……

驴头妹的家里超级有钱，她的心地超级善良，
但是她却长得超级抱歉。
她的人生有那么多的超级，却给她带来超级的苦恼。
她希望家里的钱够用就好，她希望她的心地不要那么善良，
她尤其希望她的长相不要那么抱歉。
但是，超级抱歉，人生就是这么一回事，
不能事事超级如意。

当驴头妹无法对世界的残酷视而不见时，
她学会轻轻闭上眼睛，
想像世界的美好，
美好得让人不想再睁开双眼。
如果此刻你也感到灰心，
学学她，轻轻闭上双眼，开始想像。

天神给了驴头妹一张抱歉的脸，
还忘了说声抱歉……

大树人

谁会在乎一棵树的寂寞呢

大树人还是一棵小树苗的时候，
他住在一个音乐家琴房窗台边的小花盆里，
每天都可以听见莫扎特的音乐。
有一天音乐家发了疯，再也不弹琴了。
大树人因为非常想念莫扎特
而离家出走……

大树人是一棵长得像人的植物，
而不是一个长得像植物的人。
因为他缺少一颗心，所以他不是人，
可是他却可以四处走动玩耍。
所有的小朋友都非常喜欢大树人，
因为他真的不是人。

包子头每回受到别人欺负时，
都会去向大树人诉苦，
大树人便陪着他一起伤心落泪。
但是包子头常常疑惑地抬头问他：
"你又不是人，为什么会伤心？"

绷带人喜欢坐在大树人肩上，

和他一起看星星。

绷带人对他说：

"如果你拥有一颗心，你就会变成一个人。"

大树人说：

"我就是不想变成一个人，所以才拿掉一颗心。"

驴头妹问大树人："你觉得我很丑吗？"

大树人摇一摇树干大声地说："不会啊！"

驴头妹高兴地说："真的吗？"

大树人又摇一摇树干大声地说："真的呀！"

驴头妹摇摇头叹口气说：

"唉！你又不是人，你说的话不算数。"

黄秋秋问大树人可曾看过稍纵即逝的美丽，
他左摇一摇，右摇一摇，想了半天说：＂没有。＂
黄秋秋说：＂你说谎！你整天待在森林里，
光想想万物随着春夏秋冬季节的变化就有无尽的美丽，
为什么说没有呢？＂
大树人左摇一摇，右摇一摇，想了半天说：
＂对喔……＂

"大树人你快乐吗？"

"我不知道耶，植物哪有什么快乐不快乐？"

"胡说，世界万物都有快乐与不快乐。"

快乐就是枝叶繁茂随风摇摆，

快乐就是铺出一大片绿阴让人乘凉，

快乐就是开花结果代代相传……

破烂布快乐三兄弟送一条红色领巾给大树人，
祝他生日快乐。
他们唱生日歌。（跟人类一样）
吃生日蛋糕。（跟人类一样）
还一起照相留念。（跟人类一样）
他们每个人都感到快乐无比。

"对不起我迷路了，你可不可以帮忙我找到回家的路？"小红帽说。

"对不起，我也没有方向感，但是我可以陪着你一起迷路，
迷路时只要有人相伴就不会感到害怕了。"大树人说。

"可是如果你伴着我找到回家的路，
但我却没办法再陪你找到你回家的路怎么办？"

"别担心，我一定会在路上遇见另一个迷路的朋友，
我们会因为迷路而意外地找到回家的路……"

大树人虽然不是人，
可是他却带给所有小朋友温暖和希望。

当黑夜来临时，
他一样会感到孤单寂寞，
但是谁会在乎一棵树的寂寞呢？

大树人愈长愈高，
有一天他会高过一间小房子，
高过一栋小楼房，
高过一座小山。
但是他的心永远停留在
小时候听莫扎特时那个幸福的时刻。

度啦啦啦

他戴上了眼镜却依然看不清楚

度啦啦真的是一只狗。

嘘……

千万别让他听见……

拜托。

度啦啦明明是一只狗，
但他却想当一个人。
他偷偷穿上人的鞋子，
穿上人的衣服，
练习人的仪态。
他常常走到街上，
等待有人跟他一起玩球……

虽然当一只狗也没什么不好，
但度啦啦就是想当人。
对了，
他还缺少一副人的眼镜。

度啦啦配了一副人的眼镜，
还人模人样地点了杯咖啡。
眼镜让他看不清这个世界，
却令他开始觉得自己真的像人了。

世界花花绿绿朦朦胧胧却异常美丽。

度啦啦每天瞪大了眼睛，

仔细观看他所看不清楚的大地。

原来必须谦卑地趴在地上从最低处开始仰望，

才不会漏掉所有的惊喜……

度啦啦常常看见人们坐在公园里对着落叶叹气，
他也学着望着树叶叹气。
一片片落叶从天上飘下来，
他觉得这里面一定暗藏着某种伟大神圣的启示，
可惜他却没有任何特殊感应，
他感到非常迷惘。

度啦啦努力学习人的行径，
但有时还是会不小心漏底；
他去看马戏团表演时，
一看到火圈，就忍不住利落地跳过去。
人们为他大声欢呼，
但他心里却难过极了。

度啦啦偷偷在家里倒立走路，
这是他以前学会的旧把戏。
他一面倒立，一面安慰自己，
又不是小狗才会倒立，
也有很多人会倒立走路啊。

松鼠妹问他："当人会比较快乐吗？"
他抱着满篮他最不爱吃的苹果，
愣了一会儿，点点头，再摇摇头。

度啦啦一级级地跳下楼梯，
两条腿实在比四只脚难走许多。

度啦啦一个人去看电影，一个人吃整筒的爆米花。

感动的时候，一个人流泪。

电影散场时，一个人落寞地走出电影院。

他做了许多人类寂寞时会做的事，

但是人们还是说他只是一只狗。

度啦啦非常地迷惘……

度啦啦照着镜子，却不认识镜子里的自己。

镜子里的他比想像中胖一点又矮一点，笨一点又忧郁一点，

更糟糕的是他们还左右相反。

他觉得镜子里的他也不认识他，

他高一点又瘦一点，看起来聪明一点又快乐一点。

唯一相同的是他们看起来都是狗模狗样。

度啦啦非常地迷惘……

DNA的世界真是令人迷惘啊!

纸片人

观看世界的角度可以随时翻转

纸片人并不是爸爸妈妈生出来的，
她是制纸工厂的老师傅
用一把神奇的大剪刀，
从一张神奇的大纸上剪出来的。

纸片人薄得像一片纸，
风一吹就会轻轻飘了起来。
她不能像别人一样行动自如，
只能每天紧贴墙壁站着，好像做错事情被罚站。

纸片人没有错，都是风的错。

124

纸片人薄得像一片纸，
如果你从侧面看，
一定认不出她。
谁会认出一张纸的侧面呢？

纸片人心情愉快时，
会随风轻松地飞起来。
其他小朋友都好羡慕，
追问她飞翔的感觉如何。
她沉思了一会儿说：
"就像一片薄薄的纸在空中飘舞的感觉啊。"

小粉蝶最喜欢和纸片人一起在空中飞舞，
但是如果风突然停了，
她们的游戏就结束了。
风不想帮忙，别人也休想和纸片人一起玩。
纸片人有时候喜欢风，有时候讨厌风……

纸片人最怕被吹到天空后，
不小心挂到枝头上，
如果天又下雨，那就更糟了。
只能等到太阳将她晒得干透，
才可以重新做人。

纸片人最讨厌下雨天，

一旦淋湿了，湿答答的身体让她想哭，

可是眼泪汪汪又会让她更不容易干。

纸片人的人生，身不由己。

纸片人又怕风又怕雨，

妈妈要她随时穿着雨衣，防风又防雨。

但是雨过天晴的时候，

她还是会忍不住脱下雨衣，晒晒太阳。

一阵微风吹来，

树叶上的积水哗啦啦地洒下……

千万不要让纸片人站在电风扇前，
风一吹，她就会不停地旋转飞舞，
还会发出颤抖难听的声音。
夏天的纸片人，只能乖乖地吹冷气喽！
但冷气房里的纸片人，
一点都不好玩。

失乐园里的小朋友最喜欢对着纸片人吹气，
她倒是一点也不介意被他们吹到天空飘一飘，
但是小朋友不小心喷出的口水，黏答答地，
让她觉得很恶心……

纸片人推着大鸟娃娃去散步，大鸟娃娃不会飞。

"别心急，长大了就会飞。"纸片人说。

"如果长大了还不会飞呢？"大鸟娃娃说。

"别心急，风来了就会飞。""如果风来了还不会飞呢？"

"别心急，危险的猫来了就会飞。"

"如果危险的猫来了还不会飞呢？"

"别心急，上了天堂就不用飞了。"

纸片人随着秋天的落叶在风中打转,
叉叉熊担心她会受伤。
纸片人快乐地说:
"你看过落叶因为落地而受伤的吗?"

纸片人薄得像一张纸，风一吹就会飘走。

包子头紧紧挽着她说："不要怕，我会保护你。"

"我不怕飘走，我只害怕不知道会在哪里坠落。"

"不管你在哪里坠落，我都会去救你。"

"可是世界那么大，你可能永远都找不到我。"

"那我们都应该好好珍惜此刻的美好时光……"

驴头妹因为样貌丑陋而闷闷不乐。纸片人对她说：
"其实观看世界的角度是可以随时翻转的。
如果你的心像我一样飘起来，
那么你的头就会在下面，脚就会在上面，
如果我们随时在翻转，就无所谓哪里最重要了。
脚变成了头，头变成了脚，谁还会特别在乎什么呢？"

大风吹起时，纸片人赶紧抱住大树人。

"能够紧紧抱住一棵树，真幸福。"纸片人说。

"能够被别人紧紧抱住，真幸福。"大树人说。

每个起风的下午，

都能在失乐园里看见幸福相拥的画面。

黑面娃娃抱起了纸片人，

眼泪就跟着掉了下来，

他不敢相信世界上怎么会有这么轻的小孩。

纸片人轻声地说：

"我并不如你想像的脆弱，

只要让我不停长大，我会将世界整个包起来……"

球儿宝高高举起纸片人，让她在空中旋转。

纸片人大声欢呼："爱心满天飞扬，好幸福喔！"

球儿宝说："因为你的眼睛是爱心，

所以你看见的世界充满了爱。"

纸片人接着说："因为我的嘴巴是爱心，

所以我说出来的话都是甜蜜蜜的。"

她们沉溺在爱的欢乐里，谁也不可以戳破爱的真相。

纸片人薄得像一片纸，
大风吹过，满天飞舞。
她走路像跳舞，摇摇晃晃不安稳，
但是她不怕跌倒不怕摔，
纵使来个三百六十度大翻转，
最后也总是安安稳稳地紧贴着地。
她有一双爱的眼睛，看见的都是爱，
她有一张甜甜的小嘴，说出的都是蜜。

小天使娜娜

每个人总是忍不住对她说出心中的烦恼

小天使娜娜虽然看起来又新又漂亮，
但其实她是个千年古董。
她曾经住在世界上最美丽的小教堂里，
受到镇上居民的虔诚热爱。
但是因为一场战争，教堂被烧毁了，
她被偷偷地卖到遥远的地方，
失去她的居民一个个都疯了……

小天使娜娜不住在天堂，不住在云端，
她住在彩虹糖果屋的玻璃橱窗里。
她长得就像画里的天使一样可爱，
总是低着头闭上眼睛露出甜甜的微笑。
小朋友经过时，总会停下来看着她，对她说出心中的烦恼。
他们相信，她是世界上唯一肯专心听他们说话的人，
虽然她从来没有开口说过话……

糖果屋打烊后，午夜钟声一响起，
小天使娜娜脚边的花儿就会一朵朵轻轻飘起。
她将白天听到的所有烦恼藏入花心，
花儿再慢慢地落下，
静静消化人间的万种烦忧……

驴头妹对着小天使娜娜说:
"亲爱的娜娜,世界真不公平,
为什么你长得像天使一样美,
我却像驴子一样蠢呢?"

黄秋秋每天都努力地
捕捉生命中转眼消失的美丽，
却依然一无所获。
她苦恼地对着小天使娜娜说：
"我灰心透了，也许世界上所有的美好，
都无法真的捕进网子里吧！
也许我一开始就错了……"

叉叉熊呆呆地望着小天使娜娜，
努力开口对着她说：
"伊伊乌屋污伊伊巫汗，伊呜乌诬呜伊，伊呜伊呜。"
他说的话伊伊呜呜的，别人一句也听不懂，
小天使娜娜却全懂了。

"我是不是一个笨蛋，我根本不可能重新找到我的童年。"
绷带马悲伤地说。
"我不该一直回头看，应该往前去追寻新的生活，
只是没有童年记忆的我，总觉得生命缺了一大块。
我好不快乐，你可不可以帮助我，
填补童年缺失的黑洞……"

马克思是个无聊透了的男孩，他样样表现中等，

从来没有人注意他关心他⋯⋯

"我虽然平凡，但是我的心里一直有一个伟大的梦想，

我不敢说出来，怕大家会笑我，

可是我还是忍不住地想告诉你，

我长大以后如果要当总统，

我一定要做一个世界上最平凡的大总统！"

"好可爱的小天使喔！" 破烂布快乐三兄弟忍不住发出赞叹。

"可是她看起来好像有点忧伤咧。"

"喂，天使怎么可以忧伤呢？"

"天使不都是在帮大家完成愿望带来欢笑的吗？"

"如果天使都有解决不了的烦恼，那叫我们怎么办呢？"

破烂布快乐三兄弟忽然快乐不起来了……

午夜，森林王子亚历山大从天而降……
他在小天使娜娜面前深情凝视，迟迟不肯离去，
直到天快亮的时候，他才结结巴巴地说：
"我我我……爱爱……你。"
那时，远方的公鸡激动地啼了又啼！

"小天使娜娜，我是一朵恋爱的云，
我感到好孤单，好寂寞，
好想找一个人好好谈一场恋爱。
我觉得好彷徨不知道该往哪里去？
将会遇见谁？将会发生什么事？
如果未来可以预知，会不会比较安心？
我好孤单，好寂寞……"

娜娜每次听到小朋友的伤心苦恼，
都好想帮助他们，但是她被下了咒语，
不能说话，也不能张开眼睛，
只能永远关在玻璃橱窗里。
除非她喝下五十个小朋友纯真的五十滴眼泪，
才能够破解魔咒。
但这个秘密没有任何人知道……

小天使在等待五十滴纯真的眼泪
帮助她破除魔咒，
她不在乎时间有多久，
她已经等待好几千年了……

失乐园里还有好多好多其他的朋友，
都比我漂亮，希望你也来认识……

叉叉熊

叉叉熊从小就是受虐儿，浑身是伤，如果你问他哪里最痛，他会轻轻摸摸他的心。虽然受尽苦难，他仍然相信黑暗的背面一定有光。

绷带人

绷带人是一个全身绑满绷带的小朋友，经常做着飞翔的美梦。有一只小粉蝶陪伴着他。

黑面娃娃

主人露露用尽各种方式残忍地对待黑面娃娃，他依旧保持一颗善良的心。虽然露露亲呢地抱着他什么话都不说时，他感到无比的惊恐……

疤头汤尼

汤尼是个超级害羞的孩子，十分没自信。他喜欢躲在图书馆里待在固定的位置读一样的书，他只能跟镜子里的自己做朋友。

卤蛋

卤蛋无论做什么，都一定会先向上帝祷告，请求保佑三件事。睡觉前、过马路时、在繁花盛开的花园里……他时时刻刻都在许愿。

红鼻头约翰

红鼻头约翰觉得他的世界是一片空白，所有的努力最后只是一场梦。他无法跟别人解释清楚，至少空白的世界可以让他轻松地找到自己。

茉莉

茉莉不断在海边朝远方抛出瓶中信，希望能发展出浪漫的恋情，但是所有的信都一直漂回来。

气球小子

气球小子总是一个人孤独地飘着。有一天他的头破了一个大洞，开始接触到地面的世界，但是却被绑起来而限制了自由……

安妮

安妮是个早熟的女孩，她很早就知道美丽具有神奇的魔力，浮华世界的魅力让人难以抗拒，她很清楚自己连做梦也要光明美丽……

飞飞儿

飞飞儿喜欢跟别人唱反调，整天与人争论，黑的她说成白，白的她说成黑。她讨厌真真确确的现实世界，喜欢模糊矛盾的混乱人生。

海军大小宝

一对穿着海军制服的双胞胎兄弟，外貌一样，但情绪不大相同。他们不懂为什么只是因为长得一模一样，就会一直被说可爱？

红喇叭

红喇叭整天拿着红色的喇叭到处广播，努力传播失乐园里大大小小的事。但他的安全帽遮住了自己的耳朵，他的喇叭早就坏了……

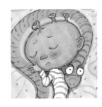

杰克

杰克非常忧郁，心理医生建议他养一只宠物，他选中了一条蛇。他的宠物总是喜欢缠绕着他，并且不断地吐出舌头……杰克更忧郁了。

球儿宝

球儿宝是个绝顶聪明的宝宝，她太有智慧了，以至于她什么都不想学。别人老觉得她聪明，她却觉得自己活在一个笨蛋称王的世界里。

王大明

王大明的头上开出了一朵花，花儿会说话。但是当她发现王大明并不需要她的时候，便开始枯萎……

玛莉和她的猫咪

玛莉养了一只很大的猫咪，玛莉的猫咪天天都对人生有不同的观感，有时觉得无奈，有时觉得无聊，有时觉得离谱……

木马头小朋友

头上戴着木马头的小朋友，只要一戴上木马头就不停地奔跑。他和他的木马头都不知道为什么要不停地奔跑，最后他们到达了天堂……

白小天

白小天的人生是黑白的，她的眼睛看不到彩色而她的心是灰暗的。但是黑白的人生并非只有黑与白，黑有深黑中黑浅黑淡黑，白也是……

黑小夜

黑小夜有一双黑眼圈，他的世界看似昏沉灰暗，但其实却是热闹缤纷的，因为他拥有魔法。

亚历山大

亚历山大从小在丛林中生活长大，没看过迪士尼卡通，也不认识麦当劳叔叔，但他认识天上的每一颗星星。

鬼小公主

鬼小公主美丽（在鬼国度里）又善良，如果不小心吓到了失乐园的小朋友，还会跟他们道歉。

158

倒立客

倒立客从小就喜欢倒着走路，他倒立着游戏，也倒立着睡觉。他倒着看这世界，愈看愈有趣，竟然跟别人打赌要倒立着环游世界……

火小魔

火小魔来自恐怖的魔界，但他自己也搞不清楚魔界在哪里。他既邪恶又善良，你永远猜不透他的心事，也不知道他的过去和未来。

小鸡丁

小鸡丁自从在园游会中装扮成小鸡之后，他的人生就更为上进，并且总是感到相当快乐。

变色阿凤

变色阿凤会随着环境的变化而变色，别人羡慕她的特异功能，她却觉得自己很没个性。

雨滴妹妹

雨滴妹妹只有在下雨时才会出现，她喜欢雨水雨声雨衣雨帽雨伞雨鞋。如果失去雨水的滋润，她就会变成一个怪物。

失乐园里的每一个小朋友都有一颗心，
只有我没有，
但是我比他们都开心……

黄秋秋

黄秋秋每天都忙着捕捉生命中转眼消逝的美丽，她常常陷于苦恼，感叹人生的美丽短暂而难以捕捉。

绷带马

绷带马遗失了童年记忆，他一遇到失乐园里的小朋友，就会问他们是否看见他失落的童年。

粉红小象和金苹果

粉红小象看不见，但她有一颗神奇的金苹果，可以让人美梦成真，只要用一个秘密或珍贵的东西交换。

恋爱的云

恋爱的云以为自己的心被爱神射中了，唯有爱可以疗伤。她在失乐园里到处寻找爱情的答案。

黑面娃娃
寻找新主人

黑面娃娃被露露狠心地丢弃之后，努力地想找一个新主人。谁能给他完整的爱？

眼镜小乖
和五十滴眼泪

为了帮助小天使娜娜破解魔咒，眼镜小乖努力地在失乐园里搜集五十滴眼泪。她能成功吗？……

兔漂

兔漂是一只善良可爱并且拥有魔法的兔子，只要站在别人的头上，就可以知道那个人的秘密。

图字：01-2006-2886

图书在版编目（CIP）数据

失乐园寂寞上场了：新版 / 幾米著. -- 2版. --
北京：现代出版社, 2011.1
 ISBN 978-7-5143-0095-6

 Ⅰ.①失… Ⅱ.①幾… Ⅲ.①漫画－作品集－中国－
现代 Ⅳ.①J228.2

中国版本图书馆CIP数据核字(2011)第047228号

作者：幾米
总策划：吴江江
责任编辑：刘刚
出版发行：现代出版社
地址：北京市安定门外安华里 504 号
邮政编码：100011
电话：（010）64267325　64245264（传真）
电子邮箱：xiandai@cnpitc.com.cn
印刷：北京瑞禾彩色印刷有限公司
开本：830×1400　1/32
印张：5
版次：2011年5月第1版　2011年8月第3次印刷
印数：13001-21000 册
书号：ISBN 978-7-5143-0095-6
定价：35.00 元